MALI A'R CYFNOD CLO

I weithwyr iechyd a gweithwyr gofal ym mhob man.

Cyhoeddwyd *Mali a'r Cyfnod Clo* gan Graffeg yn 2021. Hawlfraint © Graffeg Cyf. 2021.

ISBN 9781914079405

Hawlfraint y testun © Malachy Doyle. Hawlfraint y darluniau © Andrew Whitson.
Addasiad gan Anwen Pierce. Dylunio a chynhyrchu © Graffeg Cyf. Mae'r cyhoeddiad a'r cynnwys wedi'u diogelu gan hawlfraint © 2021.

Mae Malachy Doyle ac Andrew Whitson drwy hyn yn cael eu cydnabod fel awdur a darlunydd y gwaith hwn, yn unol ag adran 77 o Ddeddf Hawlfreintiau, Dyluniadau a Phatentau 1988.

Mae cofnod catalog CIP ar gyfer y llyfr hwn ar gael o'r Llyfrgell Brydeinig.

Molly and the Lockdown (Fersiwn Saesneg)
ISBN 9781914079399
Muireann agus an Dianghlasáil (fersiwn Gwyddeleg)
ISBN 9781912929122

Adnoddau Addysgu
www.graffeg.com/pages/teachers-resources

1 2 3 4 5 6 7 8 9

MAE'R LLYFR HWN
YN EIDDO I

_____

_____

_____

MALACHY DOYLE ANDREW WHITSON

MALI A'R CYFNOD CLO

GRAFFEG

'Mae'r ynys dan glo! Mae'r ynys dan glo!'

Roedd Dylan yn rhedeg o gwmpas yn wyllt ac yn gweiddi nerth esgyrn ei ben.

'Am beth wyt ti'n sôn, Dylan?' gofynnodd Mali.

'Does neb yn cael cyrraedd na gadael yr ynys oherwydd y ffliw cas 'ma!' esboniodd Dylan.

'Mam, Mam, beth am Dada, nawr bod yr ynys dan glo?' llefodd Mali pan gyrhaeddodd hi adre.

Roedd ei thad wedi mynd i'r tir mawr i werthu pysgod.

'Falle fydd rhaid iddo aros yno am y tro,' atebodd ei mam. 'Bydd hi'n anodd, pwt, ond rhaid i ni gadw'r ynys yn ddiogel. Dwi'n siŵr na fydd e yno'n hir.'

Ond roedd wythnos yn hir i Mali heb Dada.

'Dwi am i ti helpu dy fam o gwmpas y tŷ,' dywedodd wrth Mali dros y ffôn, 'a bydda i 'nôl cyn gynted ag y medra i.'

'Ond dwi'n poeni y byddi di'n mynd yn sâl,' meddai Mali wrtho. 'Mae'n debyg bod sawl un yn dal y ffliw 'ma.'

'Dwi'n iawn, Mali,' dywedodd wrthi dros y ffôn. 'Mae Yncl Ed yn gofalu amdana i, ac ry'n ni'n cadw'n ddigon pell oddi wrth bawb ac yn gwisgo masg bob tro awn ni o'r tŷ.'

Felly helpodd Mali â'r coginio, a gofalu am yr hwyaid a'r ieir.

Gofynnodd ei mam iddi helpu gwnïo masgiau i rai o bobl yr ynys.

'Ond pam, Mam?' holodd Mali. 'Does neb yn sâl ar yr ynys.'

'Eitha gwir, Mali, ond mae'n well gwneud, rhag ofn ... a gobeithio na fyddwn ni angen eu gwisgo.'

Er i'r cyfnod clo bara mwy nag wythnos, doedd pethau ddim yn wahanol iawn i Mali ar y cyfan, ond roedd yn rhyfedd heb ei thad.

Ond un diwrnod, pan aeth Mali â swper i'w hen gymdoges, Meri Jên, doedd yr hen wraig ddim yn hwylus.

'Cer i nôl Nyrs Elen, dyna ferch dda,' pesychodd o'i gwely.

14

Felly rhedodd Mali i'w nôl, a phan ddaeth Nyrs
Elen, dywedodd fod angen i Meri Jên fynd i'r ysbyty.

'Ydi hi wedi dal y ffliw, yr un cas?' sibrydodd Mali
i'w mam, oedd wedi dod i helpu.

'Na, pwt, ei chalon sy'n wan,' esboniodd mam Mali.

'Ond sut awn nhw â hi i'r ysbyty? Does neb yn cael
gadael yr ynys!' meddai Mali.

'Dwi'n gwybod, Mali, ond mae angen iddi weld
meddyg – does dim dewis.'

15

Felly ffoniodd Nyrs Elen griw'r bad achub.

Ar yr un pryd, gofynnodd am rai pethau bach arbennig – felly daeth y criw â chreision a phapur tŷ bach o'r tir mawr, a sawl peth arall oedd wedi mynd yn brin ar yr ynys.

Ac yna aethon nhw â Meri Jên i'r ysbyty.

Ond rhywsut, er i bawb fod yn ofalus dros ben, daeth criw y bad achub â rhywbeth arall i'r ynys.

Rhywbeth drwg ...

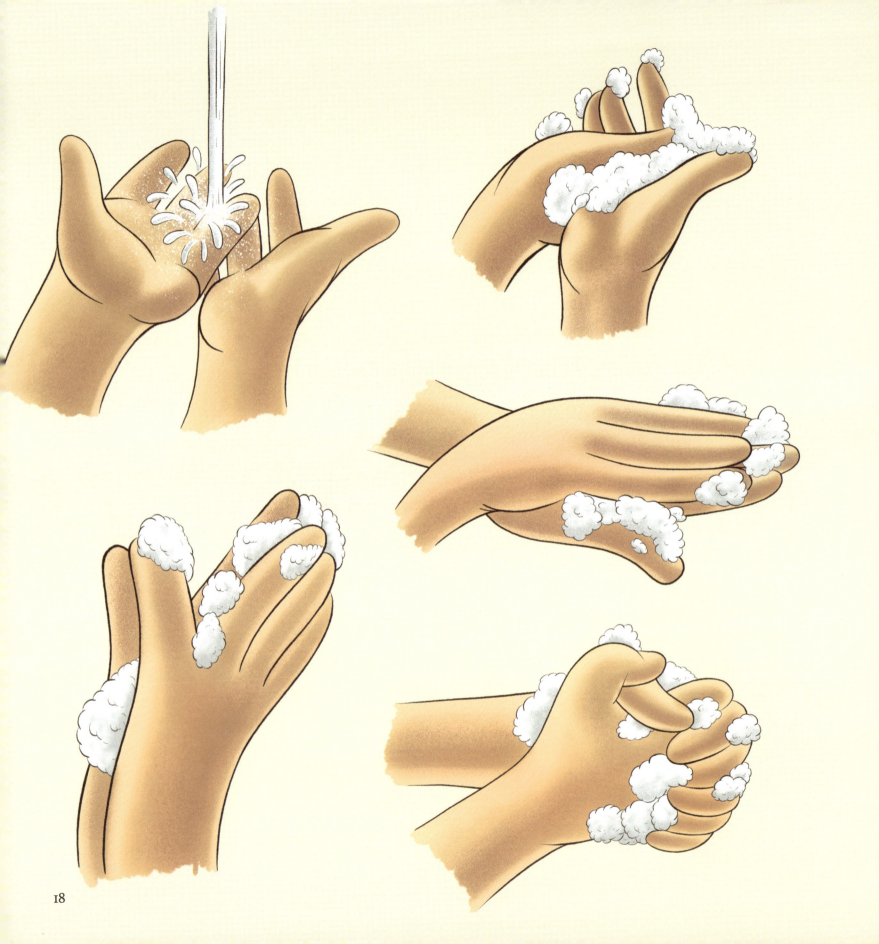

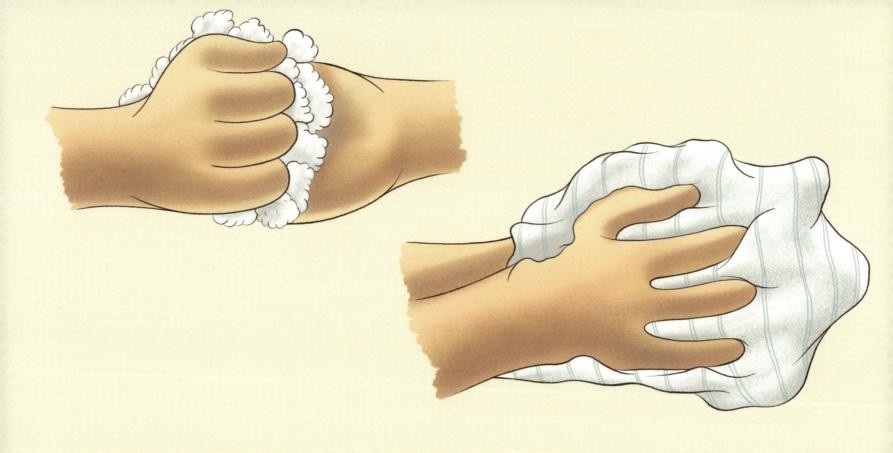

Bythefnos wedyn, roedd yr ysgol ar gau a doedd neb yn cael gadael eu tai.

Roedd y ffliw cas – y feirws – wedi cyrraedd yr ynys, ac roedd rhaid i bawb ei stopio rhag lledu – trwy olchi eu dwylo dro ar ôl tro, a gwisgo masg os oedd rhaid mynd o'r tŷ.

Dim ond Nyrs Elen oedd yn cael mentro allan i ymweld â hwn a'r llall.

O, a mam Mali, oedd wedi cynnig ei helpu.

Felly, roedd rhaid i Mali wneud sawl tasg yn y tŷ ar ei phen ei hun:

Mynd â'r ci i'r ardd i gael pi-pi ...

Casglu'r ieir at ei gilydd i'w bwydo – a phenderfynu y byddai'n haws eu cadw yn y tŷ ...

Gwneud yr holl goginio a glanhau, a gwnïo pentwr o fasgiau ar ei phen ei hunan bach, am fod ei mam mor brysur yn gwibio rownd yr ynys yn helpu pawb ...

Dair wythnos wedyn, dim ond sardîns mewn tun oedd ar ôl gan Mali a'i mam i'w bwyta ... ac i deulu o bysgotwyr, doedd hynny ddim yn dda.

Ac roedd pedwar o bobl yr ynys bellach yn yr ysbyty, a sawl un adre'n sâl.

Aeth y cyfnod clo ymlaen am yn hir ... yn hir iawn.

Roedd Mali'n gweld eisiau'r ysgol. Roedd hi'n gweld eisiau'i ffrindiau. Ond yn fwy na dim ...

'Sut wyt ti, Dada?' dywedodd hi dros y ffôn. 'Dwi'n dy golli di'n ofnadwy.'

'Dwi'n dy golli di hefyd, pwt – ti a Mam,' meddai ei thad. 'Ac mae Yncl Ed yn fy ngyrru'n ddwl. Mae'n cerdded o gwmpas y lle o fore gwyn tan nos yn chwarae'i bibau!'

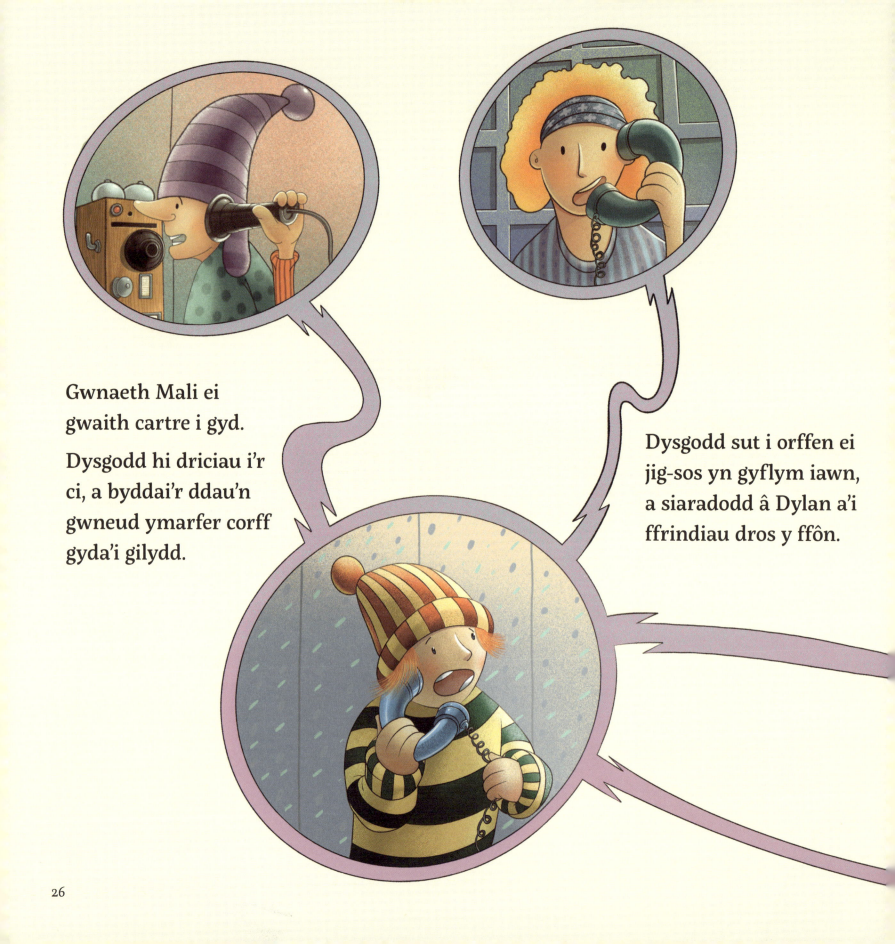

Gwnaeth Mali ei
gwaith cartre i gyd.

Dysgodd hi driciau i'r
ci, a byddai'r ddau'n
gwneud ymarfer corff
gyda'i gilydd.

Dysgodd sut i orffen ei
jig-sos yn gyflym iawn,
a siaradodd â Dylan a'i
ffrindiau dros y ffôn.

Darllenodd ei hoff lyfrau sawl gwaith, a rhoi cynnig ar rai newydd doedd hi ddim wedi'u darllen o'r blaen – a mwynhau'r rheiny'n fawr hefyd.

Siaradodd â'i hathrawes, a phan oedd modd ei glywed dros sŵn pibau Yncl Ed, siaradodd â Dada!

A wyddoch chi beth?

Ymhen amser, daeth y cyfnod clo i ben.

Daeth Meri Jên adre o'r ysbyty, wedi gwella'n llwyr.

Ac er na ddaeth pob dim yn ôl i drefn yn syth, roedd Mali, mewn ffordd ryfedd, wedi mwynhau treulio amser adre, dim ond hi a'r ci a'r hwyaid a'r ieir.

Roedd hi hyd yn oed yn gwella wrth chwarae'r ffidil!

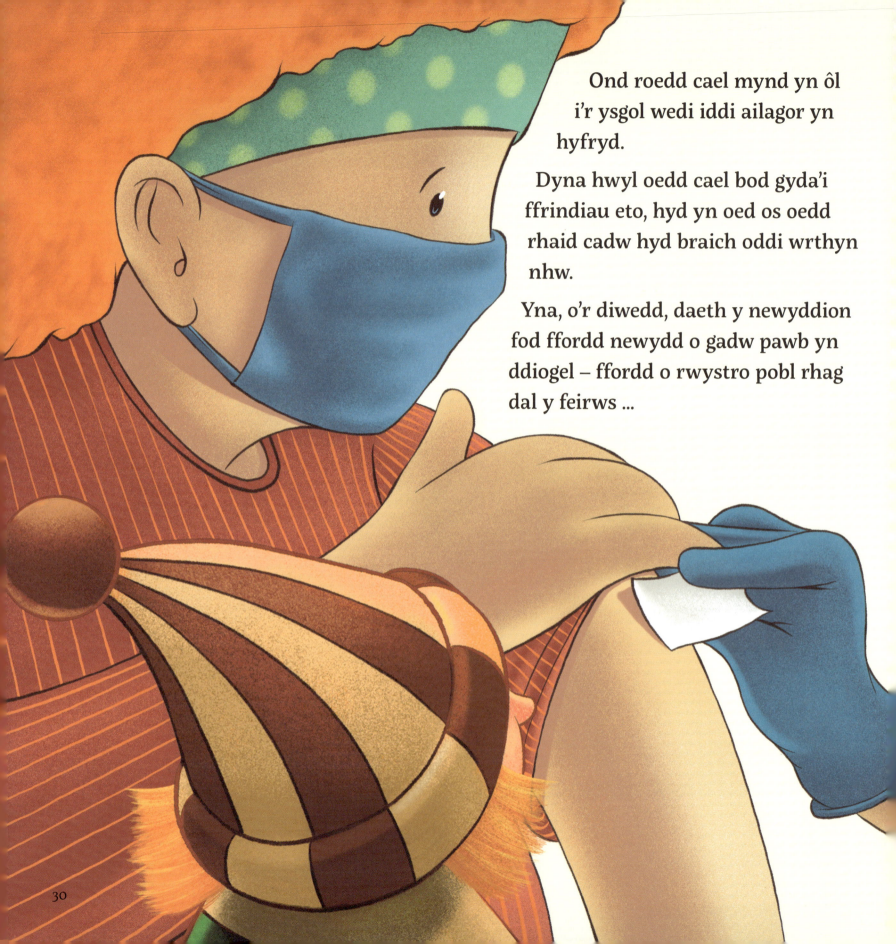

Ond roedd cael mynd yn ôl i'r ysgol wedi iddi ailagor yn hyfryd.

Dyna hwyl oedd cael bod gyda'i ffrindiau eto, hyd yn oed os oedd rhaid cadw hyd braich oddi wrthyn nhw.

Yna, o'r diwedd, daeth y newyddion fod ffordd newydd o gadw pawb yn ddiogel – ffordd o rwystro pobl rhag dal y feirws ...

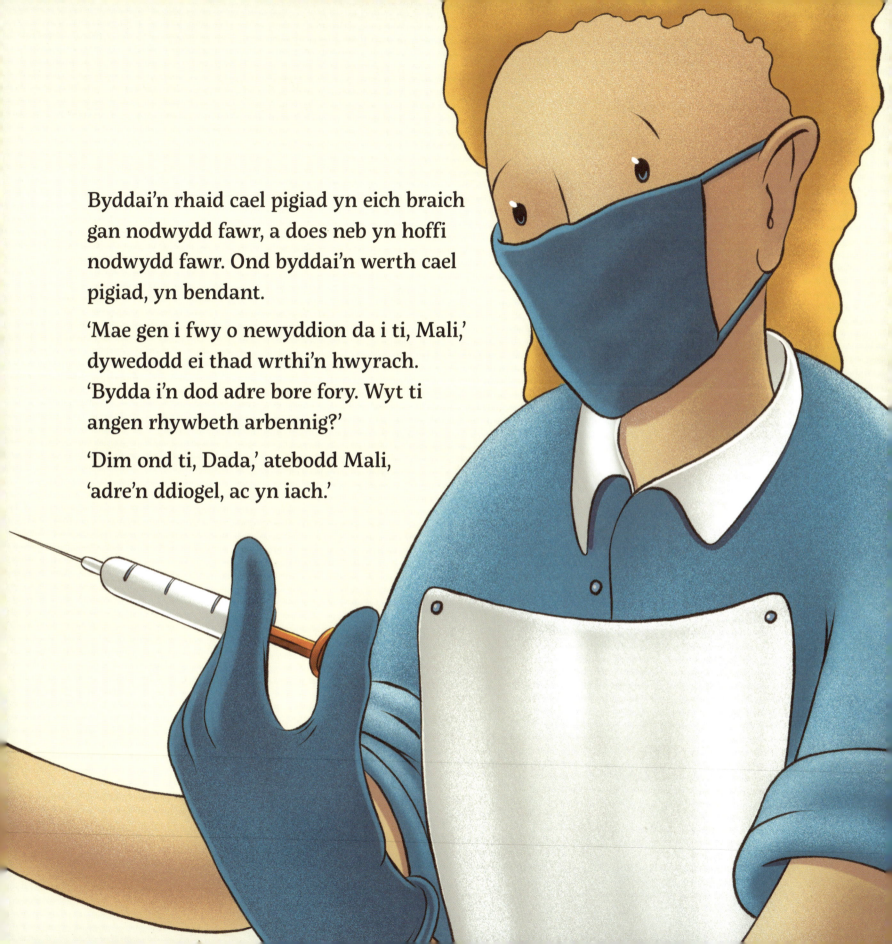

Byddai'n rhaid cael pigiad yn eich braich gan nodwydd fawr, a does neb yn hoffi nodwydd fawr. Ond byddai'n werth cael pigiad, yn bendant.

'Mae gen i fwy o newyddion da i ti, Mali,' dywedodd ei thad wrthi'n hwyrach. 'Bydda i'n dod adre bore fory. Wyt ti angen rhywbeth arbennig?'

'Dim ond ti, Dada,' atebodd Mali, 'adre'n ddiogel, ac yn iach.'

Daeth pobl yr ynys i gyd i'r harbwr i groesawu tad
Mali 'nôl o'r tir mawr.

A'r un cyntaf i roi cwtsh iddo wrth iddo gamu o'r
cwch bach oedd ...

Ie, dyna chi ... Mali!

'Gwell i'r pigiad yna weithio fel nad oes yna gloi mawr byth eto!' gwaeddodd Mali, wrth eistedd ar ysgwyddau ei thad.

'Dwi ddim yn meddwl y daw clo arall, pwt,' atebodd ei mam. 'Ond os daw un, gofala nad wyt ti ar y tir mawr, Tomos!' meddai wedyn, â gwên.

'A dioddef mwy o sgrechian pibau Yncl Ed?' chwarddodd tad Mali. 'Dim diolch!'

Malachy Doyle

Magwyd Malachy Doyle wrth ymyl y môr yng Ngogledd Iwerddon, ac ar ôl byw yng Nghymru am lawer blwyddyn, mae wedi dychwelyd i Iwerddon. Prynodd ef a'i wraig hen ffermdy ar ynys fach oddi ar arfordir Donegal, a dyma'u cartref bellach gyda'u cŵn, eu cathod a'u hwyaid.

Mae dros gant o lyfrau Malachy wedi cael eu cyhoeddi, o lyfrau bwrdd i'r plant lleiaf i nofelau afaelgar i ddarllenwyr yn eu harddegau. Mae wedi ennill nifer o wobrau pwysig ac mae ei lyfrau wedi'u cyfieithu i ryw ddeg ar hugain o ieithoedd.

Yn ogystal â'r ddwy stori flaenorol yng nghyfres Mali, *Mali a'r Môr Stormus*, *Mali a'r Morfil* a *Mali a'r Goleudy*, rhai o'i deitlau diweddar eraill yw *The Miracle of Hanukkah, Rama and Sita, Jack and the Jungle* a *Big Bad Biteasaurus* (Bloomsbury), *Fug and the Thumps* (Firefly Press), *Cinderfella* (Walker Books) a *Ootch Cootch* (Graffeg), wedi'i ddarlunio gan ei ferch, Hannah Doyle.

Andrew Whitson

Daw Andrew Whitson o Belfast ac mae'n artist arobryn sy'n hoffi cael ei alw'n Mr Ando! Mae'n byw mewn hen dŷ ar lethrau bryn niwlog, wrth odrau coedwig lawn swyn, gerllaw castell hud yng nghysgod trwyn cawr. Mae ei dŷ yn edrych dros harbwr Belfast lle adeiladwyd y *Titanic*, ac yn edrych i fyny at Cavehill lle plymiodd awyren fomio Americanaidd – B17 Flying Fortress – i'r ddaear yn ystod yr Ail Ryfel Byd!

Mae Mr Ando yn creu lluniau ar gyfer llyfrau mewn tŵr hen eglwys, ac mae'n cael ei gloi yn yr eglwys yn aml am ei fod yn gweithio yn hwyr yn y nos. Felly mae wedi creu allwedd hud ac mae honno ganddo drwy'r amser – mae'n ei defnyddio er mwyn dianc o'r eglwys pan nad oes neb yn ei weld.

Mae Mr Ando wedi darlunio dros ugain o lyfrau o dan ei enw ei hun. Y diweddaraf o'r rhain yw llyfrau cyfres Mali gyda Malachy Doyle, a chyfres arobryn Rita, sef llyfrau stori-a-llun, gyda Myra Zepf.